AF214698

Früher war ich Playing Pro, studierte Sport und wurde Golf Nationaltrainer. Heute bin ich Golftrainer, beobachtender Familiensteller und Musiker. Die Limericks sind eine Verdichtung meines Blickes auf diesen Sport und die Welt. Wer den Takt der Limericks genau trifft, folgt diesem Blick besonders tief. Manchmal lohnt es sich zurückzublättern und den Rhythmus noch einmal zu „spüren".

Wenn es zunimmt und dabei ganz bleibt, ist es Entwicklung.

Rainer Mund

Golf Limericks

Und Mehr

© 2020 Rainer Mund

Autor: Rainer Mund

Verlag & Druck: tredition GmbH, Halenreie 40-44, 22359 Hamburg

ISBN: 978-3-347-04892-8

Insgeheim spür ich ihn tags zuvor.
Fröhlich tanzend beseelt er mein
Ohr.
Oft, -bis er sich gebiert,
mich die Fassung verliert.
Ging jetzt er oder ich durch ein
Tor?

Ein Limerick kann nicht erzwungen werden, er will raus. Dieser hier entstand fast von alleine, auf einer Teakholzbank in Royal Birkdale, ich glaube es war am vierten Abschlag, mit Blick auf die Bohrinsel.

Wenn Laura drived,
das Fairway schreit:
„Die ist zu lang,
ich bin zu breit."

Das ist kein Limerick! Ein Limerick ist es
nur, wenn er die Reimform AABBA hat.
Wer es je versucht, wird verstehen, wie
fein alles passen muss. Auch beim Lesen.
Sie schlug wirklich weit.

Geduld

Ein Golfpro, er kam aus Westfalen,
war, -je älter er wurde, zerfahren.
Raste los mit dem Cart,
kam durchaus auch in Fahrt,
doch vergaß er den
Teamkameraden.

Die besten Trainer waren zur Fortbildung
auf Sizilien und der wunderbare Frank
Adamovicz, bekannt als TV Kommentator,
fuhr mit der gleichen, besinnungslosen
Gier seinem Ball hinterher wie der ge-
meine Amateur. Das war die Geburts-
stunde meines ersten Limericks.

GFK

Ein Ami mit Haus in der Schweiz,
brach in Kursen mit Reden das Eis.
Ihm war lieber zu poppen,
anstatt sich zu kloppen,
das hat ´nen gewaltfreien Reiz.

Kaum jemand hat die Kommunikation der Golflehrer hierzulande mehr geprägt, als der Begründer der gewaltfreien Kommunikation. Er wird mir, gewaltfrei, die Notwendigkeit des Reimes nachsehen.

Der Pro

Ein Golf Pro trainierte notorisch,
auf dem Grün seine Spieler,
-motorisch.
Doch was für ein Scheiß,
alle putten jetzt Slice,
pfeifen nun auf den Pro,
-kategorisch.

Der Präsident und Macher der modernen,
deutschen PGA, warf mir immer ein
Augenzwinkern zu, wenn er meine
„Diplomsportlehrer-Begriffe" verwandte.
Das schrie nach Rache.

Lochspiel

Fliegt ein Ball unter Druck viel ins Wasser,
wird´s am Achtzehnten links immer nasser.
Und der Gegner im Sand,
toppt zweimal an die Wand,
locht zum Teilen den Pitch!
-Geht´s noch krasser?

Im Ryder Cup Finale der Teaching Pros untereinander, wir sind wieder auf Sizilien, gelingt zwei Spitzentrainern ein episches Match und einem davon schließlich der Larry Mize Pitch ins Loch.
Wer gewann? Unwichtig!

Denker

Kommt dem Oli im Schwung zu viel Argwohn,
kriegt der Ball einen anderen Fluglohn.
Trotz des Denkens im Schwung und der Hose voll Dung,
adoptiert er den Yip wie ´nen Ziehsohn.

Man kann in diesem Land kein Golf-Buch schreiben, ohne seinen kritischen Blick zu spüren. Insofern versuchen wir Anderen schlicht, ab und zu, Schwächen dieses Mannes zu finden, um das Leben besser zu ertragen.

Papierstil

In besonders verschachtelten Sätzen,
zeugen Anglizismen vom Schwätzen.
Machst Du beides zu viel,
ruinierst Du den Stil,
wirst dabei uns´re Ohren vergrätzen.

Oliver Heuler brachte uns bei, wie man sich klar ausdrückt; in Schrift, Bild und Ton. Man sagt, es gibt Techniker beim NDR, die nach einem Dreh mit ihm frustriert den Beruf gewechselt haben.

Hobby

Ein mutiger Trainer aus Waren,
will im Flachen den Drachen
erfahren.
Den Propeller am Po,
hebt er ab wie ein Floh,
-kann den Film davon uns nicht
ersparen.

Neben Schießen, Backgammon, Pokern, Motorradfahren, Gewichtheben, Drachenfliegen und zig weiteren, immer bis zur Meisterschaft autistisch betriebenen Hobbys, weiß kaum jemand, dass Heuler es war, der Hank Haney den Neutralschwung aus der Nase gezogen hat. Es brauchte ihn, um das heute weltweit anerkannte Leitbild des modernen Golfschwunges auszuformulieren. Woher ich das weiß? Ich war dabei.

Wie bitte?

In Assanges Kopf die Mission?
Trifft's Antonym 's Oxymoron.
Das Antonym ist dagegen,
doch das Oxy... verwegen,
hat trotz Widerspruch stets 'ne
Vision.

Diesen Limerick muss niemand verstehen. Ich habe ein halbes Jahr mit vier Linguisten daran gearbeitet, nur um Oli mal zu zeigen, was eine Harke ist.

Puttlab

*Beim Putten zu früh
hochzugucken,
bringt den Trainer recht häufig
zum Mucken.
Immer dann, wenn es zählt,
Kopf und Hand sich vermählt,
wenn beim Yip deine Finger stark
zucken.*

Ich wende mich jetzt dem Teil zu, der *nach* Heuler und kurz *vor* dem Wahnsinn kommt: Practice by Instinct. Der Bauch ist nämlich klüger als der Verstand. Im Grunde hat es noch nie einen ungeyippten Putt oder Golfschlag gegeben.

Der Yip, Dein Freund

Ohne Yip hat es das nie gegeben:
Unsern Putt, unsern Schwung,
unser Leben.
Schon der Plan irritiert,
doch Instinkt korrigiert,
genau das spüren wir dann als
Beben.

Der Instinkt übernimmt.

Take it Easy

Wenn ich wieder mit irgendwas
ringe,
hat das Leben mich voll in der
Zwinge.
Der Konflikt, der muss sein,
und dann stellt es sich ein:
Was der Krieg bringt, der Vater der
Dinge.

Lernen ist organisiertes Irritieren.

Schwarzes Loch

Hat ein Redner am Pult nichts
zu sagen,
treibt's die Zuhörer tief ins
Verzagen.
Mancher geht einfach raus,
andere halten es aus,
-doch mit Pech schlägt es dann auf
den Magen!

Der Vortrag des Sporthistorikers war grau-
enhaft. Wie erlösend der Moment, als ich
erkannte, dass ich die Zeit mit dem entste-
henden Limerick verbringen konnte.

Angeregt

Dieser Mann mit ganz eigenem
Verstand,
gibt dir neue Ideen an die Hand,
und stellt er sie Dir vor,
und Du gibst ihm Dein Ohr,
wirkt es in Dir wie wertvolles
Pfand.

Das genaue Gegenteil war Arthuro Hotz, ein besonders innovativer Ausbilder für Trainer, der europaweit tätig war. Regelmäßig beziehe ich mich auf seinen wunderbaren Fundus.

Erschütternd

**Und dann traf ich den sehr
weisen Mann.
Viele wollten, doch mich
nahm er ran.
So saß ich auf dem Stuhl:
Nass geschwitzt, gar nicht cool,
Und er nahm, wie er ist,
meinen Bann.**

Was für ein Glück, ihm persönlich noch begegnet zu sein. Bert Hellinger, der Begründer des modernen Familienstellens, machte eine seiner letzten Aufstellungen mit mir. Warum ich glaube, dass er weiter war als jeder andere, dem ich begegnete? In seiner Nähe hat immer die Erde gewackelt. Und: Oliver Heuler konnte ihm nicht folgen.

Spachlos

In der Hand spürst Du kaum
ihr Gewicht.
Und die Optik, die ist
eher schlicht.
Doch der Ton, den sie bringt,
ganz die Seele beschwingt.
Und so kommt sie daher
wie das Licht.

Wenn man lange genug in den Zwischenräumen von Geist und Körper verbracht hat, lernt man darin zu surfen. Die Poesie und die Musik kommen dann von ganz alleine. Auch aus der Gitarre.

Wir

Echte Hacker spielen Golf
nicht so nett.
Denn ihr Ball geht nicht weit,
sondern fett.
Nehmen sie sich was vor,
und verbessern den Score,
fliegt der Ball jetzt
und nicht mehr der Dreck.

Ja, Du kommst hier auch drin vor.
Und die Demut erinnert mich gerade an
meinen Socket bei der Belgian Open 1992,
rechtwinklig über fünf Zuschauerreihen
hinweg. Die haben mich angeschaut wie
einen Marsianer.

Neuland

Bleibt ein Golfer im Finish
noch steh´n,
kann er plötzlich sein
Inneres seh´n.
Übernimmt sein Gefühl
und er lässt das Kalkül,
wird von da an gewandelt
er geh´n.

Ungebremster Geist. Wer hält es neun Loch durch, im Finish stehen zu bleiben, bis der Ball ruht? Willkommen im Club.

Die Simulation

Willst Du bessere Längen-
Kontrolle?
Spielt das Ausholen gar keine
Rolle!
Und lässt Du es dann weg,
simulierst zweimal keck,
gibt´s exakt die Entfernung,
die Volle.

Ungebremster Körper.

Ben Hogan

Alle rätseln was tuen die Hände,
jeder einzelnen Golfer-Legende?
Eine Übung hier reicht,
Und sie zeigt dir ganz leicht,
was es heißt, wenn Du Smash hast
am Ende.

Ungebremste Rotationen.

Parametrisch

Ja, und wie läuft ein Schwung
wirklich rund?
-Durch den Abdruck, das Springen
vom Grund!
Nimm die Zehen nach oben,
lass die Ballen am Boden!
Jetzt genieß, denn Du triffst auf
den Punkt.

Alles beginnt mit Gleichgewicht.

Roll

Jeder Putt-Stroke, nicht sauber
getroffen,
eiert rum, so, als wär er besoffen.
Doch der Rebounder-Drill,
führt komplett hier zum Ziel,
und das Loch ist für jeden
Ball offen.

Übungen zur Physik des rollenden Balles.

Aufmerksamkeit

Oft sind Amateurschlagroutinen
nur begleitet von grimmigen Mienen.
Doch wird Nehmung dann wahr,
zeigt sich vieles ganz klar.
Ist das Feedback Dir schon mal
erschienen?

Inne halten nach dem Schlag, noch im Angesicht der Panik beim Ballkontakt.

Meditation

Mit dem Treffmoment zeigt
sich direkt:
Golfers innerster, tiefster Aspekt.
War zuvor er ein Prahler,
-Ist nun Ne-Andertaler.
Und man fragt sich: wer´st hier
das Subjekt?

Der erste Satz ist der wichtige.

Griffdruck

*Willst Du niedrige Zahlen
erzielen?
Lass die Finger den Schläger
umspielen.
Nur die unteren Drei
greifen fest zu dabei,
und die anderen machen allenfalls
Schwielen.*

Was ich nicht fühle, hab ich nicht gelernt.

Innere und äußere Kräfte

Entwickelst Du echtes Geschick?
Dann zur Steigerung hier noch ein
Trick:
Nimm Zeh, Zunge und Daumen
hoch in Richtung Gaumen.
kriegt der Impact ´nen richtigen
Kick!

Die beste Übung, die ich je gesehen habe.

Autoscooter-Bump

Fährst beim Scootern von hinten
Du auf,
gibt es Kraftübertragung zuhauf.
Mit dem gleichen Prinzip,
machst Du seitlich den Speed,
lädst den Golfschwung mit
Schlaglänge auf.

Die passenden, inneren Bilder bewirken
hunderte von nützlichen
Muskelaktivitäten.

Touch

**Willst Du Putt-Linien bald besser
lesen,
Lass den Ball nicht bis ganz zum
Loch pesen.
Denn sodann, eingelinkt,
tief in Deinen Instinkt,
wird das Wesen vom Lesen
genesen.**

Richtung übt man heute viel weniger. Man versucht Bergab-Putts vor das Loch zu legen, mal mit diesem, mal mit jenem Break. Die Richtung ergibt sich dann instinktiv.

Deutsche Golfer

*Einmal rum war für sie nur sechs
Stunden.
Und die Bälle, die ham sie
gefunden.
Lassen keinen vorbei,
denn sie sind ja nur zwei.
Hei, so dreht man bei uns seine
Runden.*

Versetzen Sie sich doch mal in die Anderen. Gerade weil ich es gut mit Ihnen meine.

Deutsche Golfer

Auch das Cart ist ein wichtiger
Faktor.
Bei den Rädern, da sitzt ein
Reaktor.
Und bis das alles steht,
eine Stunde vergeht.
Und sie schieben zum Tee einen
Traktor.

Ein häufiger Satz beim Familienstellen: „Ich fühle mich wohler, wenn es mir schlecht geht." Man darf sich Sisyphos nicht als unglücklichen Menschen vorstellen.

Deutsche Golfer

Noch vor Jahren war Tennis ganz
heiß.
Und die Sachen zum tragen war´n
weiß.
Irgendwann ging es rund,
und die Kleidung wurd´ bunt.
Dafür gibt´s jetzt beim Golf
solchen Scheiß.

Er wartete immer, bis Etikette-Verfechter selber Fehler machten. Dann, mit einem Grinsen vorgetragen, der Lieblingssatz meines sportlichen Ziehvaters, im Heimatclub am Niederrhein: „Etikette, Sie Arschloch."

Deutsche Golfer

*In den Ausschüssen sitzen
Beschließer.
Etikette das Wort dieser Spießer.
Wie man Spaß hat beim Spiel,
davon wissen's nicht viel.
Komplett anders mach ich's als
Genießer.*

Bis heute bin ich der festen Überzeugung, durch die zehnjährige Tätigkeit beim DGV, für ein politisches Amt in Berlin komplett durchqualifiziert zu sein.

Ich

Deutsche Golfer,
´ne komische Meute.
„Premium Parken",
die wichtigste Beute.
Und so dreh'n sie seit Stunden
am Parkplatz die Runden.
Woll'n direkt vor den Eingang,
die Leute.

Seitdem wir bei uns im Club *alle* Parkplätze mit einem Schild „Vorstand" versehen haben, gab es kaum noch Probleme.

Das Präsidium vom DGV hat einen Präsidenten. Die sieben anderen sind Vizepräsidenten.

Lao Tse
„Wenn alle vorne sitzen wollen, braucht's breite Busse."

Equipment

*Willst Du leicht sein beim Spiel
auf dem Platz?
Nimm ein Tragebag mit halbem
Satz!
Und bist Du nicht penibel,
sondern lieber flexibel,
lass auch weg deinen Untersatz.*

Dreistundenfünfzehn. Ohne jede Hetze.

Promis

Tiger Woods schaut zum Loch,
-ganz pickiert.
Mit drei and'ren, -sie waren zu
viert.
Dann, in seinem Gehege,
liegt ein Ball noch im Wege.
Er sagt: "Spiel schon, der gilt als
markiert!"

Dieser Satz wird ausschließlich von Leuten benutzt, die bei der German Open in der Hosentasche nervös mit Geldstücken spielen. Es sind 143 Leute. Ich konnte Sie zählen. Sie waren immer in meiner Nähe.

Skipper

*Ist es wahr, hast Du's wieder
getan?*
*Ziehst die Landratten Crew in den
Bann!*
Nas' und Luzi am Wind,
Mal erwachsen, mal Kind...
*Bist und bleibst Du: Mon cher
Capitan.*

Manchmal darf ich bei einem erfahrenen Segler aufs Boot. Hier habe ich gelernt, dass man zur See besonders schnell herausfindet, ob man sich aufeinander verlassen kann. Bei der alten Methode, dem Indoorklettern, ließ ich mich vom jungen Playing-Pro sichern. Ich habe mich in der Wand beten hören.

Kaymer

Traut das Siegen Dir keiner mehr
zu,
herrscht beim Spiel auf dem Platz
viel mehr Ruh'.
Kaum lochst Du ein paar Putts,
beginnt wieder die Hatz.
Und was machst Du daraus?
-einen Schuh!

Nach einer Durststrecke von Jahren gewann der Kerl erst die Players und dann die US Open.

1. Strophe

Beim sööke lefs Du Dich
ne Wollef.

Wenn de Jlück hots, dann half
Dich dä Rollef.

Ding Bäll woren all fott,

un dinge Schwung wor kapott.

Du bes ene janz arme Sau, du
spills Jollef.

Der Song ist kurz danach entstanden. Martin hatte Rolf, unseren „Kaderphysio", mit auf die Tour genommen. Das Lied kann man auf pbi-golf.de hören.

2. Strophe

Sunne Jolfpro is immer am reise,

dabej kann dat Jemüt schunn
verwaise.

Damit dat nit passeet,

hält dä Langer Jebeet.

Un dä Woods deit beim poppe
jenese.

Einsamkeit ist der Preis für einen Platz
ganz oben.

3. Strophe

Un bis Du no dree Dach am föhre,
mot dä Prinz Dich am Abend
masseere.
Dat is jut für de Futt,
denn dann jeht nix kapott.
Weil, die kloppe jo dropp, wie de
Stiere.

Rolf ist nicht nur eine Koryphäe der Physi-
otherapie, er ist auch eine Art Prinz
Karneval.

4. Strophe

Un drächs du om Kopp dinge
Mütz,
biste nit nur vor der Sonn jeschütz.
Nä, davör kristu Penunze,
-un deiste Birdies funze,
weed am Sundach dä Pott jebütz.

Ich hoffe, meine pbi – Mützen erreichen
auch mal so einen Marktwert.

5. Strophe

Kütt Maadin zum Spille no hus,
jeh mer zu em hin un singen Stuss.
Laache mer uns kapott,
is de jrosse Welt fott.
Kütt et Feedel om Jolfplatz zo us.

Was machen die Bläck Föös in Ihrer Frei-
zeit? Richtig, musizieren und Kölsch trinken, am liebsten auf Mallorca. Und ich
durfte öfter dabei sein. Das prägt musika-
lisch. Ohne Kafi, Bömmel, Hartmut, Eber-
hard, Stolli und Stünzi gäb es meine Musik
nicht.

Ableger

Ich bin ene janz arme Sau, ich spill
Jollef.
Un ich söök mich em Rough
Widder ne Wollef.
Ech ben einfoch süchtich,
doch ming Bäll, die sin flüchtich,
un dä Physio vom Kalle is Rollef.

Rätsel: Was ist Martin Kaymers Spitzname und wie heißt der Physio von Kalle? Nur Süchtige wissen beides.

Indoor Golf

Vladi Klitschko fragt den Kaymer:
„Triffst Du auch den hohen
Eimer?"
"Klar", sagt Martin, genannt
Kalle,
„Nur beim Rainer, -in der Halle!"

Vor Jahren habe ich mit einem guten Golfer, der gleichzeitig ein handwerkliches
Genie ist, „die Andere" Indoorhalle ge-
baut. Den Lobshot in den Eimer habe ich
online gestellt.

Auditives lernen

Will er einhändig klatschen
probieren,
kann der Mönch viele Jahre
verlieren.
So, wie ein Grammophon,
hatte ich schon den Ton,
doch bevor er erscheint:
meditieren!

Der Koan ist der Freund der Birdie-Serie.

Im Clubhaus

Ja solange Du kannst, schwimmst
Du noch.
Und am Ende, da krieg'n Sie Dich
doch.
Das Bassin ist nicht groß,
tja, so ist halt Dein Los,
und so bringt Dich der Kellner zum
Koch.

Neulich, an der Bar in Titirangi, direkt unter dem Plan von Alister Mackenzie, sagte mir der lokale Clubmeister Joda: Glück Du hast, wenn ein Fisch Du nicht bist.

Leben

Geht der Marc ganz allein in den
Wald,
denken alle: "Da wird er nicht
alt."
Doch er kommt nicht zurück,
genau das ist sein Glück.
Und die Golfer? -Die ham's nicht
geschnallt.

Da sind wir fast gerade erst Ski gelaufen und schon bist Du in den Wald gezogen.

Ein Kollege hat seine erfolgreiche Trainer-karriere gegen viel Freiheit in der Natur getauscht.

Morgenstund

Wenn Du aufstehst, am Morgen,
statt liegen,
fühlst Du Dich alsbald so wie
beim fliegen.
Jagst Du los wie im Sturm,
und Du fängst einen Wurm.
Sagt er: "Kannst mich mal,
Vögelchen, kriegen".

Gab es etwas Schöneres, als die Trainings-
runden morgens um 6:30 Uhr mit Heinz
Peter Thül, in Stuttgart-Solitude, zur Vor-
bereitung auf die Mercedes German Mas-
ters?

Wer bin ich?

*Drei Minuten, dann ist die Zeit
um!*
*Und solange Du kannst, liegst Du
rum.*
Ja, Dein Busch der ist dicht,
denn sie finden Dich nicht.
*Und die Spieler? -Verkaufst Du für
dumm!*

Erst als mir klar wurde, dass Golfbälle ein Bewusstsein haben, ahnte ich, wieviel Spaß sie dabei haben müssen, uns an der Nase rumzuführen. Sie können sich sogar bewegen und an völlig anderer Stelle aufgefunden werden. Je nach Mitspieler.

Rotationen

Hat der Golfer die Arme gestreckt,
spürt er bald, wie die Kraft ihm
verreckt.
Doch wenn er sie beäugt,
und rotierend dann beugt,
ist sein Golfschwung wie neu
auferweckt.

Erst wenn die Knie- und Ellenbogengelenke sich wieder beugen, können die Rotationen wieder stattfinden.

War ein Tag, wurde einfach das
Üben.
Ist vom Perfektionist nichts ge-
blieben.
Legte er einfach los,
ohne Anspruch auf Groß,
übernahm der Instinkt, -nach
belieben.

Rilke würde pbi machen.

Greenkeeper

Wird vom Keeper der Speed immer
besser,
sieht der Grashalm nicht einmal
das Messer.
Doch ein Halm der nicht fällt,
nimmt den Drall aus der Welt.
Und ein Flieger geht oft ins
Gewässer.

Titirangi, noch zwei Whiskey, und der Clubmeister: „Guter Greenkeeper eilig niemals ist."

Blei'm uns Promis beim Solcup erspart,
geht das Auge zum Sport, das ist smart.
Wir genießen mit Stimmung,
vieler Ballflüge Krümmung.
Trifft er Dich mal, jedoch, wird es hart.

Gutes Event braucht keine Promis.

Karma

Wenn die Frauen beim Golf sich
verrenken,
liegt´s am Flow, den sie ha'm
-nicht am Denken.
Es war klar: Ihr gewinnt!
Doch der Ruhm schnell verrinnt,
bitte Putts etwas früher, ja,
schenken!

Im Lochspiel, beim Solheim Cup 2015: Den Putt nicht geschenkt und damit den Wendepunkt zur eigenen Niederlage eingeleitet.

Wenn er locht ist er innerlich frei.
Raum und Zeit sind ihm dann
einerlei.
And´re tüfteln und messen,
und sie sind ganz versessen.
Sein Geheimnis: Er denkt nicht
dabei.

Kinder, Betrunkene und Golfer im Flow
denken nicht so viel.

Rein historisch ist Reichtum nur Pump.
Ob bei Clinton, bei Bama, bei Trump.
Ziehen Bälle wie sau,
denn sie krieg'n sie für lau,
Doch sie schlagen sie nicht, diese Lump'.

Präsidenten spielen Green-Fee-Frei.

Spinloft

**Zu Beginn war'n wir alle sehr hart.
Die Erfahrung jedoch machte
smart.
In der Mitte zwar prall,
doch am Rand ganz viel Drall,
nach dem Impact dann sind wir in
Fahrt.**

Die modernen Golfbälle sind genial: Der Driver dringt durch die dünne „Drall-Schale" hindurch und macht Smash, die Eisen krallen sich dagegen in ihr fest und machen Spin.

Sollten Sie jemals jemanden treffen, der Ihnen den „Spinloft" erklären kann, glauben Sie kein Wort. Es sein denn, er heißt Archimedes.

Anatomie

Tief im Arm die erstaunlichste
Stelle;
macht erst hier und dann dort eine
Delle.
Nur, -es weiß keine Sau,
denn das Wissen ist mau.
Der ballistische Ballflug macht
helle.

Schraubenzieher-Release: Je größer die Amplitudenveränderung von dorsal nach palmar in der Impakt-Zone, desto voluminöser der Golfer.

Klarsoweit?

Drehmoment

Fest und starr alter Ast, brichst im Wind.
Anders macht es im Golf junges Kind.
Denn es spürt viel mehr Kraft,
wenn es schwungvoll erschafft,
was der Schläger vollendet, geschwind.

„Kam im Schwung Denken durch?", fragte Heinz Fehring schon vor über 40 Jahren auf seinen Mental Cassetten. Mit Kraft läuft hier nix, wisst Ihr doch.

Weniger ist mehr

Wenn er übt zischt nur Luft,
Mann o Mann.
Er will weit, doch er hat
keinen Plan.
Macht mit Gurus Spektakel,
schließlich spricht sein Orakel:
"Über kurz oder lang kommt man
an"

Wir trafen uns zum Driver Training in Neviges. Die Balltasche war voll, ich hochmotiviert. Ich werde nie vergessen, wie Mannschaftskamerad Carsten meinen Eifer bremste und nach fünf! Drives sagte: „Und jetzt setzen wir uns gemütlich ins Clubhaus und trinken Kakao mit Sahne".

Könnt ich jauchzen und feiern und
schweben,
meine Freiheit erfüllt mich mit
Beben.
Denn mein Körper kriegt Geist
und ich spür was es heißt,
hier zu sein, Euch zu spüren,
-zu leben.

Danke ☺

Ich gebe gerne Golfunterricht. Wer kommt?

*Ich mache gerne Live Musik, Gitarre, Gesang,
Balladen. Wer möchte es hören?*

Bereits erschienen:
Tao Te Golf

Demnächst:
Das Golftraining der Zukunft

pbigolf.de

playingpro.de

rm@rainermund.de

Zeitfracht Medien GmbH
Ferdinand-Jühlke-Straße 7
99095 Erfurt, Deutschland
produktsicherheit@kolibri360.de